von Helmut 6.8.01

Ole West

AUFGEKLART

TIDENHUB VERLAG NORDERNEY

Moin,
am vorhergehenden Leuchtturmbuch mit maritimen Bildern anzuschließen, das war die ursprüngliche Idee, doch dann ging es ans **AUFKLAREN** (Seemannssprache: aufräumen, klar werden, sich aufklären) und ich förderte dies und jenes zutage – Zu schade um alles wieder in die Schublade zu packen und so kam dieser kleine Bildband mit maritimen Motiven, Architektur, kulinarischen Genüssen und meinen Fischen zustande.
So kanns dann kommen beim **AUFKLAREN**

Ihnen viel Freude bei der kleinen Motivwanderung

Ihr Clausen
1998

...am Kullen, diesig, September...

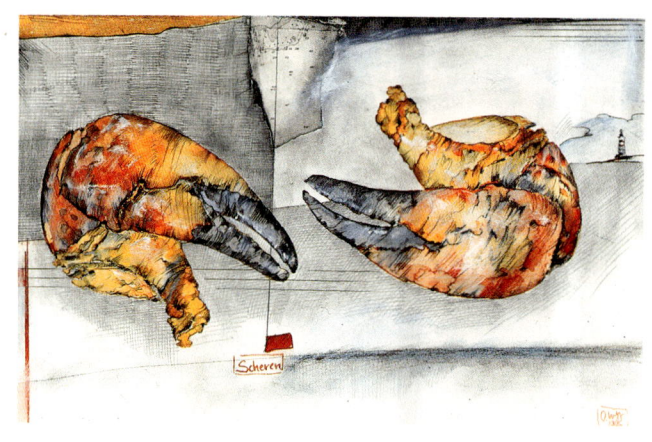

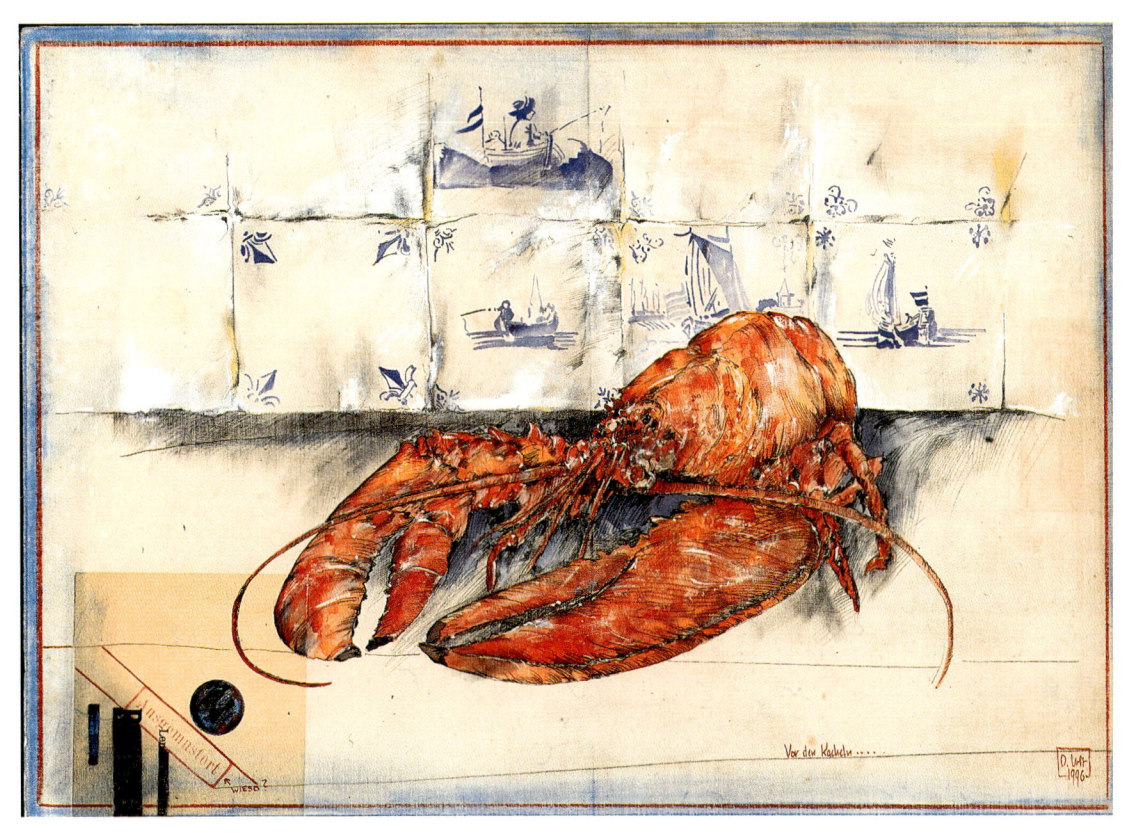

... am liebsten so – EINKAUFEN, ZEICHNEN, Freunde einladen, ESSEN

Maine-Lobster, Hummer an jeder Ecke, unglaublich, wie bei uns Pommes frites... na ja

Hafenspaziergänge, am liebsten da
wo nicht alles so aufgeräumt ist...
(so'n büsch'n muschen eben)

„SCHIFFEZEICHNEN" auch eins meiner liebsten Dinge, besonders die, die es kaum noch gibt....

DAS muß auch sein, die andere Disziplin, die des Wasser- und Spirituspantschens, schnelle Entscheidungen (sonst wirds Soße)... Farbe, Farbe, FARBE!

ARCHITEKTUR zeichnen, mag ich auch, dabei noch in der Speicherstadt Gewürze riechen, oder einfach nur gucken wie schön gebaut wurde......

Verzeichnis der Abbildungen

Seite

3	Brief (Feder) Originalgröße
5	Kullen (Aquarell) ca. 50 × 70
6	Scheren (Zeichnung) ca. 30 × 40
7	Vor den Kacheln (Aquarell + Zeichnung) ca. 50 × 70
8	Rotbarsch (Zeichnung) ca. 50 × 70
9	Hummerzeichnerei (Zeichnung) ca. 50 × 70
10	Maine Lobster (Aquarell + Zeichnung) ca. 40 × 50
11	Vorschiff (Aquarell + Zeichnung) ca. 20 × 30
12	Hafen in Dänemark (Aquarell + Zeichnung) ca. 20 × 30
13	Fischereihafen (Aquarell / Feder / Collage) ca. 20 × 30
14	Ebbe – achtern (Aquarell + Zeichnung) ca. 20 × 30
15	Willkommen im Hamburger Hafen (Zeichnung) ca. 50 × 70
16	Fairplay VI (Zeichnung) ca. 40 × 60
17	Ganz früh (Zeichnung) ca. 20 × 30
17	Dänische Kutter (Zeichnung) ca. 40 × 50
18	Tugboat (Aquarell + Tempera) ca. 50 × 70
19	Damals in den Häfen von Hamburg (Zeichnung) ca. 50 × 70
20	Holz, Kemi-Shoreham? (Zeichnung) ca. 50 × 70
21	Untiefe (Aquarell) ca. 40 × 50
21	Bugsier 30 (Aquarell) ca. 55 × 75
22	Fisch (Aquarell + versch. Tinten) ca. 40 × 50
23	Fisch (Aquarell + versch. Tinten) ca. 40 × 50
24	Fisch (Aquarell + versch. Tinten) ca. 50 × 70
25	Seepferdchen (Aquarell + versch. Tinten) ca. 20 × 30
26	Fisch (Aquarell + versch. Tinten) ca. 50 × 70
27	Speicherstadt Hamburg (Zeichnung), je ca. 30 × 60
28+29	Speicherstadt Hamburg (Zeichnung) ca. 40 × 80
30	Schloß Aurich (Zeichnung) ca. 22 × 50
30	Ostfriesische Landschaft (Zeichnung) ca. 22 × 50
30	Schloß Jever (Zeichnung) ca. 22 × 50

Herausgeber
Tidenhub Verlag OHG E. West & M. Rohde

Ole West Aufgeklart

ISBN 3-9805587-3-8

Herstellung DrägerDruck GmbH & Co., Lübeck

1. Auflage Juni 1998